AF299536

L'AUBERGISTE
MALGRÉ LUI,

COMÉDIE PROVERBE, MÊLÉE DE COUPLETS;

Par MM. BRAZIER et THÉODORE.

Réprésentée, pour la première-fois, à Paris, sur le théâtre des Variétés, le 8 juillet 1823.

PRIX : 1 fr. 50 c.

A PARIS,

AU GRAND MAGASIN DE PIÈCES DE THÉATRES
ANCIENNES ET MODERNES,

Chez Mme. HUET, Libraire-Éditeur, rue de Rohan, n°. 21,
au coin de celle de Rivoli;

Et chez BARBA, Libraire, Palais-Royal.

JUILLET 1823.

| PERSONNAGES. | ACTEURS. |

M. RONDON, ancien Négociant, retiré à la
campagne, homme de 5o ans, très-gai et
partisan de la table .... M. LEFÈVRE.

CÉCILE, sa nièce, 18 ans, modeste et bien
élevée .... Mlle. CHALBOS.

ANISET, jeune provincial, sot, ridicule,
promis à Cécile .... M. LEGRAND.

FLAMANT, valet de M. Rondon, niais rusé. M. ODRY.

CHARLOTTE, femme-de-chambre de Cé-
cile, 2o ans, très-gaie, un peu d'esprit.. Mlle. FÉLICIE.

*La Scène se passe, à 5o lieues de Paris, dans une Maison
de Campagne isolée.*

S'adresser, pour avoir la musique de tous les vaudevilles
anciens et nouveaux, à M. Tarrane, rue de Richelieu,
n°. 9.

DE L'IMPRIMERIE DE F.-P. HARDY.

L'AUBERGISTE MALGRÉ LUI,

COMÉDIE-PROVERBE.

Le théâtre représente une salle basse dominant sur un jardin ; deux cabinets, l'un à droite, et l'autre à gauche.

SCÈNE PREMIÈRE.

FLAMANT, *ensuite* CHARLOTTE:

FLAMANT, *arrive avec un tableau à la main, qu'il pose sur la table ; il appelle par la croisée qui donne sur le jardin.*

Charlotte ! Charlotte !

CHARLOTTE, *entrant.*

Ne cries donc pas si fort, Mamzelle Cécile n'est pas encore levée ; il n'est que sept heures.

FLAMANT.

Et son oncle, M. Rondon ?

CHARLOTTE.

Il y a deux heures qu'il est parti pour la chasse ; il est allé gagner de l'appétit, comme il fait tous les matins.

FLAMANT.

Ça n'est pourtant pas ce qui lui manque ; il mange joliment, c'est un fameux gastronome.

CHARLOTTE.

Que veux-tu, ce pauvre cher homme, il n'a plus que ce plaisir là.

FLAMANT, *riant.*

Oui, au lieu que nous, nous en avons d'autres ; quand ce ne serait que celui que je t'aime bien.

CHARLOTTE.

C'est donc sérieusement, mon cher Flamant ?

FLAMANT.

Oui, Charlotte, très-sérieusement ; sans rire.

CHARLOTTE.

Mais ce pauvre M. Franval que va-t-il dire quand il saura qu'il n'y a plus d'espoir pour lui ?

FLAMANT.

Comment, plus d'espoir pour M. Franval... Bah ! laisse-donc.

CHARLOTTE.

Oublies-tu que le mariage de Mademoiselle Cécile est arrêté, et que M. Aniset, confiseur de Verdun, doit arriver aujourd'hui ?

FLAMANT, *riant.*

Il n'arrivera pas.

CHARLOTTE.

Comment ?

FLAMANT, *riant.*

Il n'arrivera pas, qu'on te dit..... vu qu'il est arrivé d'hier soir.

CHARLOTTE.

Arrivé !...

FLAMANT, *avec mystère.*

Je vais te conter ça ; écoute mon récit... c'est superbe, ça vaut presque le récit de M. Théramène... écoute... *A peine nous sortions...* je ne vas pas te le dire en vers.

CHARLOTTE.

Finiras-tu ?

FLAMANT.

Chit !... laissez-moi donc commencer... A peine nous sortions de souper... que sachant de notre maître, M. Rondon, que M. Aniset devait arriver d'une minute à l'autre, je me suis rendu à la poste voisine, où tous les postillons sont de ma connaissance (et connaissances de cabaret, c'est les meilleures) ; je leur z'ai dit que mon maître m'avait chargé de guetter l'arrivée de son futur neveu, afin de l'accompagner moi-même chez lui ; bientôt il arrive, et le reconnaissant au signalement de son individu, je m'élance sur mon coursier, je prends des chemins de traverses, et lorsque je me vois près d'ici, je verse tout doucement la chaise dans un fossé, qui se trouvait à sec pour le quart d'heure, et sans que notre voyageur en éprouve le moindre mal, au contraire, je lui indique cette maison comme une auberge, il y entre, et je le conduis à la chambre qu'on lui avait préparée, et où il repose le plus tranquillement du monde. Eh! bien, Charlotte, que dis-tu de ce trait de génie qui part delà?

CHARLOTTE.

Mais comment a-t-il pu prendre cette maison pour une auberge?

FLAMANT.

Oh! à cet égard, on nous a dit qu'il était d'une extrême crédulité... un confiseur de Verdun ça doit être doux comme miel... il faudra bien qu'il prenne notre maître pour l'aubergiste... ça ne sera pas difficile... son gros ventre... sa grosse mine toute réjouie... Et puis, comme il ne parle que de table, de vins... Favorisé par la nuit qui était noire comme tout, j'avais eu le soin avant de partir d'accrocher, au-dessus de notre porte, l'enseigne du voisin que v'là... Tiens, vois-tu? au *Grand Cerf! (Il prend le tableau qu'il avait placé sur la table, et sur lequel est peint un Grand Cerf.)*

CHARLOTTE.

Ta ruse ne me rassure guères; elle est bizarre, et je crains qu'elle n'ait pas le succès que tu en attends.

FLAMANT.

Laisse donc, j'ai été élevé dans une maison où les maîtres jouaient la comédie l'été; et l'hiver, quand ils s'en retournaient à Paris, tous mes parens s'en donnaient... ils jouaient bien; j'étais tout petit, moi, je voyais ça dans un petit coin, ousque je ne faisais pas de bruit.

Air : *Quand je l'entendons en goguette.*

Dans cette société bourgeoise
J'ai vu jouer pendant dix ans
Les rein's à ma grand' sœur Françoise,
A mes deux oncles, les tyrans;
Ma tant' jouait les caractères,
Mon parrain f'sait les confidens,
Mon p'tit cousin faisait les pères
Et ma mèr' faisait les enfans.

Ça f'sait une fameuse troupe... Si tu veux m'aider un peu, ça ira bien... je connais toutes les rubriques de la comédie : une fille est à marier, son père veut lui donner un homme qu'elle n'aime pas... parce qu'elle en aime un autre... il y a toujours là un valet espirituel ; je serai ce valet espirituél... et si Mamzelle Cécile veut nous seconder...

CHARLOTTE.

Il ne faut pas compter sur elle ; elle est trop timide.

FLAMANT.

On peut compter sur toi, tu ne l'es pas trop... V'là Mamzelle Cécile.

SCÈNE II.

Les Mêmes, CÉCILE.

CHARLOTTE.

Arrivez, arrivez, il y a du nouveau ; votre prétendu, M. Aniset, de Verdun, est ici depuis hier.

CÉCILE.

Est-ce possible ?... Et Franval !...

CHARLOTTE.

Ne craignez rien, Mamzelle, nous veillons sur vous.

FLAMANT.

Oui, c'est comme s'il n'y était pas... c'est moi qui l'ai amené... il n'y restera pas long-temps ; il faut pour cela consentir à nous aider un petit brin.

CÉCILE.

Oh ! s'il y a un complot, je ne veux pas y entrer, je ne sais pas mentir.

CHARLOTTE.

Qu'à cela ne tienne ; je mentirai pour nous deux.

FLAMANT.

Ah ! ça, Mamzelle, vous êtes sûre que notre maître ne connaît pas ce jeune homme ?

CÉCILE.

Oui, il était à Paris quand mon oncle est allé conclure mon mariage à Verdun.

FLAMANT.

Et toi, Charlotte ?

CHARLOTTE.

Il ne m'a jamais vue.

FLAMANT.

Bravo ! c'est comme dans toutes les comédies, c'est pas trop vraisemblable , mais bah ! c'est égal.

CÉCILE.

Qu'espères-tu faire ?

FLAMANT.

Ah ! dame, Mamzelle , vous voulez rester neutre, on ne peut pas vous mettre dans le secret... mais plus tard vous saurez tout. Dis-moi, Charlotte , pourras-tu remplir un rôle de coquette ?

CHARLOTTE.

Ne suis-je pas femme ?

FLAMANT.

C'est juste, j'n'y pensais plus. Chut ! j'entends du bruit... c'est M. Rondon qui revient de la chasse ; allez attendre mes dernières ordres.

AIR : *Allons réveiller tout le monde.*

Que chacun montre son adresse
Dans le rôle qu'il va remplir ;
Un peu de ruse et de finesse
Au but on pourra parvenir.

CÉCILE.

Comme il faut beaucoup de mystère
Agissez tout à votre gré ;
Et pour vous ne pouvant mieux faire,
Quoique femme , je me tairai.

TOUS.

Que chacun montre son adresse,
Etc., etc.

(Cécile et Charlotte sortent à gauche.)

SCÈNE III.

FLAMANT , M. RONDON , *son fusil sous le bras.*

M. RONDON.

AIR : *Vive le vin de Ramponeau.*
Vive la table !

Elle est pour moi
Le seul bien véritable ;
Je suis ma foi,
Gai comme un roi,
Quand je sable ,
A table ,
Des vins
Fins.

Quand j'ai le verre
A la main
Je nargue le chagrin ,
Et sur toute la terre
Je ne vois que des amis ,
Que des peuples unis :
Boire est donc nécessaire.

Vive la table , etc.

Je chante et ris comme un fou
Quand je bois tout mon sou
Du Mâcon , du Madère ;
Le Bourgogne m'étourdit ,
Mais c'est un autre bruit
Quand je bois du Tonnerre.

Vive la table !
Elle est pour moi
Le seul bien véritable ;
Je suis ma foi
Gai comme un roi ,
Quand je sable ,
A table ,
Des vins
Fins.

RONDON , *se frottant les mains.*

J'ai fait une bonne chasse ; j'ai tué deux lièvres , quatre lapins , six perdrix , vingt-quatre cailles.

FLAMANT.

Et combien de pierrots ?

RONDON , *riant.*

Imbécille !

FLAMANT.

V'là de quoi traiter les voisins pendant deux jours.

RONDON.

J'ai du monde à dîner , tout y passera , et comme je

compte terminer une bonne affaire , je veux que rien ne manque.

FLAMANT.

C'est drôle que vous ne puissiéz rien faire qu'à table, et le verre à la main.

RONDON.

Que veux-tu... c'est l'usage , à présent.

AIR : *Vive la lithographie.*

Vive la gastronomie !
Son pouvoir s'étend partout ;
Une table bien garnie
De nos jours conduit à tout.
En allant de ce train là ,
Chez nous jamais on n'aura
Assez de restaurateurs
Pour tous les consommateurs.
Fait-on pour la capitale
Un vaudeville brillant ?
C'est au Rocher de Cancale
Qu'on en esquisse le plan.
Cherche-t-on dès son début,
Une place à l'Institut ?
On n'arrive dans son sein
Que la fourchette à la main.
Qu'une jeune débutante
Au théâtre chante faux :
Si sa table est excellente
Sa voix n'a point de défauts.
On donne des déjeûners ,
On donne de grands dîners ;
Si mes vœux ne sont trompés ,
Nous reverrons les soupés.
Point de plaisir véritable
Sans les dégustations ,
Et tout réussit à table
Dans le siècle où nous vivons.

Dis-moi , Flamant , le prétendu de ma nièce est-il arrivé ?

FLAMANT.

Oui , j'avais oublié de vous le dire , il est arrivé hier soir comme vous étiez couché ; il n'a pas voulu que je vous dérange ; il dort , il est fatigué.

RONDON.

Je suis désespéré d'avoir éconduit Franval , mais j'ai

donné ma parole au père d'Asinet ; à-propos, Flamant,
pense à monter du Bordeaux ce matin, tu sais que c'est un
vin qui demande de la chaleur ; les gens qui dînent chez
moi sont gourmets.

AIR : *Il me faudra quitter l'empire.*

Allons, Flamant, il faut que tout s'en suive,
Monte-nous du vin le meilleur ,
Et prouve au neveu qui m'arrive
Qu'il a pour oncle, un fameux connaisseur ,
Un bon vivant, surtout un bon buveur.
Au déjeûner, montre-nous ton adresse ,
Je veux, mon cher, qu'il sorte du festin : (*bis*)
Tout ébloui des beaux yeux de ma nièce ,
Tout enivré du bouquet de mon vin.

(*Il sort.*)

ANISET, *appelant de sa chambre.*

Garçon !

FLAMANT.

Voilà mon homme qui se réveille ; puisqu'il se croit à
l'auberge, préparons-lui un plat de mon métier.

SCÈNE IV.

FLAMANT , ANISET *sortant de sa chambre.*

ANISET.

Garçon !

FLAMANT, *mettant un bonnet de coton, qu'il tire de sa*
poche.

Voilà , Monsieur.

ANISET.

Quelle heure est-il ?

FLAMANT.

Onze heures.

ANISET.

Pourquoi ne m'a-t-on pas réveillé comme je l'avais
dit ?

FLAMANT.

Monsieur était si harassé , hier.

ANISET.

Comment déjeûne-t-on ici ? à la carte , ou à table
d'hôte ?

FLAMANT.

C'est comme on veut.

ANISET.

En ce cas, donne-moi la carte.

FLAMANT, *à part.*

Heureusement que moi, qui prévois tout, j'en avais préparé une. (*Haut.*) Monsieur demande la carte? (*Il cherche.*) La v'là; il y a de tout.

ANISET.

Style d'auberge; oui, de tout sur la carte, et rien dans la cuisine.

FLAMANT.

Les mets dont les prix ne sont pas fixés manquent. Oh! la maison est bonne.

ANISET.

Pourtant, je dois en convenir, cette maison paraît assez bien tenue.

FLAMANT.

N'est-ce pas, pour une petite auberge de campagne?

ANISET.

Les lits sont très-bons; comment se fait-il qu'elle soit si peu fréquentée?

FLAMANT.

Oh! c'est pour une raison que je n'ai pas voulu dire d'abord à Monsieur.

ANISET.

Laquelle?

FLAMANT.

Parce que ça pourrait faire du tort à l'établissement.... Quoique vous direz... cependant vous ne vous fâcherez pas?

ANISET.

Non.

FLAMANT, *ricannant.*

Je n'ose pas.

ANISET.

Parle donc?

FLAMANT.

Vous saurez donc que le maître de cette maison a le malheur d'avoir le cerveau un peu...

ANISET.

Comment, malheureux! c'est chez un fou que tu m'as conduit?

FLAMANT.

Il ne l'est pas beaucoup, et puis, sa folie n'est pas dangereuse... il vous recevra très-bien, et pour peu que votre figure lui revienne, il vous obligera d'accepter les honneurs de sa table.

ANISET.

Celui-là est un peu fort.

FLAMANT.

Ce n'est pas tout... je dois vous prévenir aussi qu'une de ses manies est de s'imaginer que tous les jeunes hommes qui descendent dans son auberge, y sont attirés par les beaux yeux de sa nièce.

ANISET.

Cela est très-bon à savoir; et est-elle jolie sa nièce?

FLAMANT.

Oui, pas mal pour une fille d'auberge; une petite figure chiffonnée... il l'a fait élever comme une demoiselle comme il faut; elle est mise dans le bon genre; elle pince du piano... touche de la guitare, et lui-même est un homme qui ne manque pas d'un certain savoir.

ANISET

En cuisine?

FLAMANT.

Non pas... il connaît le monde.

ANISET.

Oui, le monde de son auberge.

FLAMANT.

Si vous ne répondez pas à ses politesses, vous verrez ce pauvre cher homme entrer dans une fureur, mais dans une fureur tout-à-fait cocasse... quand la tête est...

ANISET.

Tu piques ma curiosité... j'ai envie de m'amuser ici jusqu'à demain.

FLAMANT.

C'est ce que je ferais à votre place...

ANISET, *riant.*

Cela y est-il ?... qu'est-ce que je risque ?...

FLAMANT, *riant.*

Qu'est-ce que vous risquez ?

ANISET.

De m'en aller.

FLAMANT.

Pas d'avantage.

ANISET.

Cela y est... j'en fais la farce.

FLAMANT.

Je crois l'entendre... je me sauve... il va vous entrepren-
dre tout de suite ; allez ferme, n'ayez pas peur... nous ri-
rons. (*A part.*) Quel grand johard j'ai là. (*Il sort.*)

ANISET, *se frottant les mains.*

Allons, amusons-nous puisque nous y sommes.

SCÈNE V.

ANISET, M. RONDON.

RONDON.

Hé ! le voilà donc !

AIR : *Ménace danger.* (du Château de mon Oncle.)

> On vous attendait
> Avec impatience ;
> De votre trajet
> Etes-vous satisfait ?
> J'aurai bientôt fait
> Avec vous connaissance :
> Car dans ma maison
> On agit sans façon.

> Que déjeûnez-vous ?
> Biftetecks ou cotelettes ?
> Dites-moi vos goûts,
> On a de tout chez nous ;
> Pour moi les bons mets
> Ce sont les omelettes.

ANISET, *riant.*

> J'en suis fâché ; mais
> J'aime mieux les œufs frais.

RONDON.

Comment va Monsieur ,
Madame votre mère ,
Votre jeune sœur ,
Et votre excellent père ?

ANISET.

Mais j'ai tout quitté
En parfaite santé.

RONDON.

J'en suis enchanté.

ANISET.

Il en est enchanté !...

ENSEMBLE.

RONDON.

On vous attendait
Avec impatience , etc.

ANISET.

Puisqu'on m'attendait
Avec impatience ,
Ma foi , du trajet,
Je serai satisfait.
J'aurai bientôt fait
Avec vous connaissance ;
Vive une maison
Où l'on est sans façon !

RONDON.

Je suis fâché que vous soyez venu tout seul.

ANISET , *à part.*

Je crois bien... si j'avais amené toute la famille , l'argent
aurait roulé. (*Haut.*) Vous venez de parler de déjeûner ?

RONDON.

Oui , je vous ai fait apprêter une bonne collation , vous
m'en direz des nouvelles ; je ne vous dissimulerai pas que je
donne moi-même un coup-d'œil à la cuisine... je ne suis pas
fier.

ANISET , *à part.*

Il n'est pas fier. (*Haut.*) Alors , vous me donnerez un
échantillon de votre talent ?

RONDON.

Si vous aimez la table , vous serez bien chez moi , j'aime
les grands dîners ; j'ai des vins excellens.

ANISET.

Sont-ils chers?

RONDON.

Très-chers cette année; mais, ma, foi je ne regarde pas au prix.

ANISET, *à part.*

Comme c'est malin... il fait payer en conséquence.

RONDON.

Je suis désolé; mais il faudra que je vous quitte une heure après déjeûner.

ANISET, *pouffant de rire.*

A votre aise... ne vous gênez pas.

RONDON.

J'ai des devoirs à remplir.

AIR : *On dit que je suis sans malice.*

Vous pensez qu'avec ma fortune
Je me devais à ma commune,
J'en suis le maire.

ANISET.

C'est fort bon.

RONDON.

De plus électeur de canton.

ANISET.

Un électeur de canton, diantre,
Mais en contemplant votre ventre,
Je vous croyais tout bonnement
Electeur d'arrondissement.

RONDON, *riant.*

Ah! ah! ah! c'est charmant; oui, oui... d'arrondissement, à cause de mon ventre; vous êtes un farceur, tant mieux, nous serons bien ensemble... j'aime la gaîté. Vous allez voir ma petite nièce.

ANISET, *à part.*

Nous y voilà!...

RONDON.

Heureux fripon!

ANISET, *à part.*

Il est familier l'aubergiste.

RONDON.

Voilà ma Cécile!

SCÈNE VI.

LES MÊMES, CÉCILE.

ANISET, *à part, en la regardant.*

Elle est très-bien la jeune personne ; c'est malheureux qu'elle soit la nièce d'un pareil extravagant.

RONDON.

Approche, Cécile, approche, je te présente ton futur époux.

ANISET, *à part.*

Allons, nous y voilà.

RONDON.

Eh! bien, vous ne l'embrassez pas ; morbleu ! à votre âge, on ne m'aurait pas dit cela deux fois.

ANISET, *à part.*

Ah ! que ce serait drôle si j'embrassais la fille d'un aubergiste.

RONDON.

Allons, Cécile, tiens compagnie à Monsieur, je vais voir si nous allons déjeûner.

> AIR : *Gai, gai, mariez-vous.*
>
> Bien, bien, mon cher neveu,
> Je vous laisse
> Avec ma nièce ;
> Risquez un doux aveu,
> Pour l'amour ce n'est qu'un jeu.

ANISET.

> Puisque l'oncle le veut bien,
> Et que la fille
> Est gentille,
> Risquons un mot d'entretien,
> Qui ne risque rien, n'a rien.

RONDON.

> Bien, bien, mon cher neveu, etc.

ENSEMB.

ANISET.

> Bien, bien, comme un neveu,
> Il me laisse
> Avec sa nièce ;
> Faisons-lui notre aveu,
> Ah ! pour moi, ce n'est qu'un jeu.

(Rondon sort.)

SCÈNE VII.

ANISET, CÉCILE.

(Cécile se dispose à sortir, Aniset l'arrête.)

ANISET.

Eh! quoi, vous voulez déjà nous quitter, la belle enfant...
ce n'est pas bien, je ne veux avoir affaire qu'à vous dans la
maison ; un minois comme le vôtre est capable de me faire
oublier l'ennui que me causait votre oncle..; il est un peu
timbré le cher oncle.

CÉCILE, *surprise.*

Vous oubliez, sans doute, Monsieur,.... que c'est devant
sa nièce que vous tenez un semblable langage.

ANISET.

Ah! pardon... Mon intention n'était pas de vous offen-
ser.... Aucontraire, vous conviendrez cependant que la
manie du pauvre cher homme est fastidieuse...; mais par
égard pour vous, je prendrai bien la chose.

CÉCILE, *à part.*

Que veut-il dire?

ANISET, *d'un air cavalier.*

Ah! ça, mon petit ange, il serait inutile de le dissimuler,
vous avez un amoureux, hein?

CÉCILE, *piquée.*

La question est singulière.

ANISET.

Vous avez raison, car au fond cela ne me regarde pas.

CÉCILE.

Cela ne vous regarde pas.

ANISET.

Sans doute vous auriez une inclination; vous en auriez
même deux, trois, quatre, à la rigueur, que cela me serait
bien égal.

CÉCILE.

En vérité, Monsieur, vous me surprenez, quelle idée
avez-vous donc de moi?

ANISET.

Une bonne.... Mais vous êtes gentille.... et dans votre
état.

CÉCILE.

Est-ce que vous trouveriez bien que j'eusse disposé de
mon cœur ?

ANISET.

Ma foi , Mademoiselle , je trouverais ça tout naturel....
Allons un peu de franchise.... Nous aimons n'est-ce pas ?

CÉCILE.

Ce langage a de quoi me surprendre dans votre bouche...
Dans tous les cas, Monsieur , la fatuité ne sera jamais un
titre pour me plaire ; ce ton cavalier sied mal à votre posi-
tion et je ne souffrirai pas plus long-temps une plaisanterie
qui deviendrait outrageuse , si elle n'était que ridicule.

ANISET.

C'est très-bien. (*A part.*) Ah ! ça , cet autre ne m'avait
pas dit que la nièce en tenait aussi. (*Haut.*) Hâtons-nous
de la rassurer.

AIR : *Depuis long-temps j'aimais Adèle.*

Y pensez-vous, Mademoiselle ,
Moi, plaisanter sur vos attraits ;
Ah ! lorsque l'on est aussi belle ..
Doit-on craindre de malins traits.
Jamais je ne fais d'épigrammes,
Je suis Français et confiseur :
Et j'ai toujours employé près des femmes
Le sentiment et la douceur.

Je n'ai jamais employé l'artifice ; si vous voulez me per-
mettre de tirer une boîte... une boîte de dragées de ma poche... elles sont de Verdun , et celui qui vous les offre ,
idem.

AIR : *Non , non , je n'veux pas de liqueur.*

Daignez accepter ces bonbons,
Ma belle
Demoiselle ;
Je serais fier de mes bonbons ,
Si vous pouviez les trouver bons.

Ah ! je suis sur les charbons,
Mon cœur fait des bonds.

CÉCILE.

Merci de votre zèle ;
Mais , Monsieur ,

ANISET.

Je tiendrai bon,
Songez bien qu'un non
Me rendrait furibond.

Daignez accepter ces bonbons,
Ma belle
Demoiselle ,
Je serais fier de mes bonbons,
Si vous pouviez les trouver bons.

En ce cas, changeons de conversation... Faites-moi ser—
vir à déjeûner dans ma chambre.

CÉCILE.

Dans votre chambre, mon oncle espérait....

ANISET.

Je suis désolé de déranger les projets de Monsieur votre
oncle, mais faites ce que je vous dis, j'aime mes aises et je
veux être seul.

CÉCILE , *à part.*

Ah! quel homme.... Allons tout conter à mon oncle.
Monsieur je suis bien votre servante.

SCÈNE VIII.

ANISET , *seul.*

Parbleu, ma servante, elle ne fait que son devoir, elle est
ma foi bien cette petite fille; elle a un air de candeur, de dé-
cence même, qu'on ne devait pas s'attendre à rencontrer
dans cette classe inférieure de la société ; je crois, Dieu me
pardonne , que je finirais par en devenir amoureux, et que
deviendrait alors la nièce de ce bon M. Rondon. Je me
dois tout entier à ma future , et mon devoir est de me rendre auprès d'elle; aussi ma résolution est prise, je vais déjeûner et partir... Que vois-je! Encore ce maudit aubergiste.... Il a donc juré de me suivre partout ; évitons-le...
(*Aniset va pour rentrer dans sa chambre; Rondon
l'arrête.*)

SCÈNE IX.

ANISET, M. RONDON.

RONDON.

Monsieur, j'ai à vous parler.

ANISET.

La table est-elle mise ?

RONDON.

Il ne s'agit pas de cela.

ANISET.

Tout au contraire , il ne s'agit que de cela.

Air : *Comme il m'aimait.*

A déjeûner , (*bis*)
Ici , contre moi tout conspire ;
A déjeûner , (*bis*)
Voulez-vous me faire jeûner ?
Ayez pitié de mon martyre ,
Jusqu'à ce soir faudra-t-il dire ,
A déjeûner ? (4 *fois.*)

RONDON.

Auparavant il faut m'entendre.

ANISET.

Dépéchez-vous.

RONDON.

Je vais vous parler comme à un neveu.... quoique la familiarité soit permise chez moi , tout a des bornes.

ANISET.

En ce cas la complaisance peut en avoir.

RONDON.

Ma nièce vient de me faire part du résultat de votre entretien ; si vous continuez ainsi, vous ne devez pas vous flatter d'obtenir sa main.

ANISET.

Et qui vous la demande ?

RONDON , *se fâchant.*

Alors, Monsieur , que venez-vous faire ici ?

ANISET.

Loger en attendant que je continue ma route.

RONDON.

On n'est pas plus malhonnête.

ANISET.

C'est qu'aussi il n'y a pas moyen d'y tenir ; voyons, Monsieur , il n'y a plus qu'un mot qui serve... voulez-vous me faire donner à déjeûner , oui , ou non ?

RONDON.

Oh ! pour le coup, c'est trop fort.

Air : *Sortez de ces lieux, sortez.* (du Château de mon Oncle)

Rien ne ressemble à ceci,
C'est du nouveau que voici ;
Dieu merci, dieu merci,
Vous allez sortir d'ici.

ANISET.

Je l'espère bien aussi ,
Et bientôt nous verrons si
Vous devez ,
Vous pouvez
Chez vous en agir ainsi.

RONDON.

C'est d'une impudence ,
D'une extravagance ;

ANISET , *avec autorité.*

Servez-moi ,
Servez-moi ,

RONDON , *à part.*

Il faut en rire , ma foi ,
Il veut qu'on l'héberge ;
Mais pour une auberge
Il prend donc
Ma maison !

ANISET , *tirant une sonnette.*

A la boutique , garçon !

RONDON.

Rien ne ressemble à ceci,
C'est du nouveau que voici ;
Dieu merci , dieu merci,
Vous allez sortir d'ici ;
Oui , vous sortirez d'ici ,
Et bientôt, nous verrons si
Vous devez ,
Vous pouvez
Chez nous , en agir ainsi.

ANISET.

Rien ne ressemble à ceci,
C'est du nouveau que voici ,
Dieu merci , dieu merci,
Je vais décamper d'ici ;
Oui , Monsieur, je sors d'ici,
Et bientôt nous verrons si
Vous devez ,
Vous pouvez
Chez vous en agir ainsi.

ENSEMB.

SCÈNE X.

ANISET , *seul.*

Ah ! le maudit homme ! (*Il sonne encore.*) Holà ! garçon !
la bonne ! la fille ! le diable !...

SCÈNE XI.

ANISET , FLAMANT.

FLAMANT.
Est-ce vous qui appelez, Monsieur?

ANISET.
Parbleu ! Il y a une heure que je m'égosille ; tu peux te
vanter de m'avoir conduit dans une drôle de maison.

FLAMANT , *riant.*
N'est-ce pas qu'elle est drôle ?

ANISET.
Il est impossible d'être plus fou que ton maître.

FLAMANT.
Vous avez dû bien vous amuser , hein ?

ANISET.
Du tout... je me serais amusé , si l'on ne me laissait pas
mourir de faim... Mais j'ai beau appeler, personne ne
répond.

FLAMANT.
Je sais pourquoi... Il vient d'arriver ici un voyageur ;
c'est une grande affaire pour nous , chacun s'empresse ; c'est
un propriétaire des environs qui va , dit-il, au-devant d'un
jeune homme qui vient pour épouser sa nièce.

ANISET.
Bah ! sais-tu comment il s'appèle ?

FLAMANT.
Je crois que oui... on vient de le nommer devant moi...
Ah ! diable , le nom m'échappe... mais n'importe , je vais
vous déchiffrer sa figure... il a d'abord un nez...

ANISET.
Es-tu sûr ?

FLAMANT.

Oui, il a un nez.

ANISET.

Allons, glissons là-dessus... son nom?

FLAMANT.

Attendez, je crois que ça me revient, il y a du rond de-
dans... Rond... Rond... Rond...

ANISET.

Rondon!

FLAMANT.

Oui, Rondon; juste...

ANISET.

Eh! mon garçon, c'est précisément l'homme dont je viens
épouser la nièce... et c'est chez lui que j'allais hier quand
tu m'as versé dans le fossé.

FLAMANT.

Comme c'est heureux... par exemple, voilà un n'hazard...
un n'hazard.

ANISET.

As-tu vu la jeune personne?

FLAMANT.

Oui, elle est gentille... mais elle a l'air un peu éveillée...
dites-donc... i m'vient une idée romantique, puisque ça
se trouve comme ça, si j'étais que de vous, je sais bien ce
que je ferais.

ANISET.

Quoi?

FLAMANT.

Je voudrais juger ma prétendue sans en être connu, la
circonstance est favorable.

ANISET.

Très-favorable.

FLAMANT.

Justement, c'est ici la salle des voyageurs; elle va venir
avec son oncle, en attendant qu'on leur prépare un appar-
tement; cachez-vous dans un de ces cabinets, vous pourrez
la voir et l'entendre.

ANISET.

Va comme il est dit: c'est aujourd'hui la journée aux
avantures.

FLAMANT.

Nous allons rire.

Air: *Du Mariage de Figaro.* (de Mozart.)

ENSEMB. {

En ces lieux ,
Tous les deux ,
Vont se rendre ;
Je pourrai
Vous pourrez tout voir, tout entendre,
A-coup-sûr, ils sont loin de s'attendre
Au bon tour
Qu'on leur joue en ce jour.

FLAMANT.

Entrez dans ce cabinet.

SCÈNE XII.

ANISET , *seul.*

Bon ! je serai bien dans ce cabinet ; je verrai tout , et l'on
ne me verra pas... je ne peux pas croire que je vais me
marier ! Qu'est-ce qu'on va dire à Verdun , où j'en ai tant
fait ?... En ai-je fait ?... Venait-il des femmes pour moi,
dans le magasin. Ah ! Dieux !... quand je voyais une petite
brune qui venait chercher une livre de dragées , je disais
bon, bon !... prétexte ; une grande blonde, entrait-elle ,
demander du sucre de pomme pour son rhume , je riais , je
disais : elle est enrhumée, c'est que je tousse... si j'étais
petit oiseau dans ce moment-ci... j'en verrais de belles !..
allons , voyons , il ne faut pas rire... elles sont assez mal-
heureuses !... Pauvres femmes ! les victimons-nous ! Ah !
ça, pourquoi les victimons-nous comme ça... Il faut convenir que nous sommes bien méchans envers elles... moi,
pour mon compte... ça n'a pas mal été...

Air : *Patrie, Honneur, pour qui j'arme mon bras.*

En fait d'amour , mon sort fut peu commun ,
A mon mérite on a rendu les armes ;
Quand on saura que j'ai quitté Verdun ,
Mille beautés vont gémir dans les larmes ;
Tendres beautés , que là-bas j'ai laissés , (bis.)
Pardonnez-moi les pleurs que vous versez.

(*Parlé.*) Une fois marié , j'ai mon projet.

Peut-être un jour , le sort me permettra ,
De secouer les fers du mariage ,
De ce Verdun , où l'amour m'illustra ,
Incognito , je ferai le voyage.
Tendres objets , que mes yeux ont blessés , (bis.)
J'irai sécher les pleurs que vous versez.

Chut !... voici quelqu'un...
(*Il entre dans la cabinet à gauche, dont il tient la porte
entr'ouverte.*)

SCÈNE XIII.

ANISET, FLAMANT.

FLAMANT, *à Aniset.*

M. Rondon va venir avec sa nièce, ils sont au bout de
l'avenue. (*à part.*) Faisons lui croire qu'il y a beaucoup
de monde dans l'auberge. (*Il fait une scène de ventriloque.*)
Garçon ! garçon ! (*à la cantonnade*). Qu'est-ce que demande, Monsieur ? — Je ne demande rien (*en ventriloque*).
— Vous allez l'avoir tout de suite. — Je n'ai qu'une re-
commandation à vous faire (*ventriloque*). — Je vous écoute.
— Vous nous avertirez quand le couvert sera mis (*ventriloque*). — C'est bon, notre bourgeois. — Allez.

SCÈNE XIV.

ANISET, *caché*, FLAMANT, *en financier ridicule*,
CHARLOTTE, *en grande coquette.*

ANISET, *sortant un peu sa tête du cabinet.*

Mon oncle futur a une figure un peu hétéroclite ; la nièce
paraît assez jolie ; une mise soignée, des plumes, un cache-
mire...

FLAMANT, *bas à Charlotte.*

Allons, à ton rôle ; tu sais ce que j'ai dit ; de l'humeur,
de la brusquerie.

CHARLOTTE, *avec humeur.*

Mon Dieu, mon oncle quelle idée avez-vous eue de me
conduire dans cette auberge ? C'est une horreur... Vous
auriez mieux fait de me laisser à la maison.

FLAMANT, *avec sentiment.*

Mais ma chère tu es donc une girouette ; il faudra donc
toujours que je grondâ ?... c'est toi-même qui m'as de-
mandé à venir au-devant de ton prétendu.

CHARLOTTE.

Je ne le verrai peut-être que trop tôt ; il est sans doute
bien sot, bien ridicule, ce beau mari que vous voulez me
donner.

ANISET , *à part.*

Est-ce qu'on lui aurait déjà parlé de moi ?

FLAMANT.

Personne, ne nous écoute-bien... ma chère Cécile , si tu voulois en croire un oncle sensible et ses cheveux blancs, tu prendrais un vêtement moins élégant, une contenance plus modeste, en un mot tu dissimulerais.

ANISET , *à part.*

Tu dissimulerais, qu'est-ce que cela veut dire... écoutons.

CHARLOTTE.

Moi... me gêner !... pourquoi donc ça... je ne me marie pas pour me contraindre.... je veux faire toutes mes volontés, et si le mari que je prends n'est pas content, tant pis pour lui.

ANISETTE , *à part.*

Elle ne me l'envoie pas dire ?

FLAMANT.

Mais . nièce inconsidérée... lorsque tu verras ton prétendu, il faudra que tu mis plus de réserve... où en serions-nous si ce mariage manquait ?

CHARLOTTE.

Par égard pour vous, je veux bien dissimuler jusqu'après la noce; mais une fois Madame Aniset , nous payons vos dettes et nous partons pour Paris.

ANISET , *à part.*

Des dettes; c'était donc pour cela qu'on pressait tant le mariage...

CHARLOTTE.

Vous verrez, mon oncle , comme je mène un homme.

AIR : *Vaudeville de Partie Carrée.*

Je veux qu'en tout mon mari m'obéisse ,
Qu'il ne me trouve aucun défaut ,
Et qu'il se plie à mon moindre caprice ;

FLAMANT.

Ce n'est pas en exiger trop.

CHARLOTTE.

Et si jamais il me boude , il me gronde ,
Pour m'en séparer , au besoin ,
J'irai jusques au bout du monde.

FLAMANT, *avec importance.*

Tu vas un peu trop loin.

FLAMANT, *avec importance.*

Tu vas un peu trop loin.

ANISET, *à part.*

Quelle luronne !

CHARLOTTE.

Bah ! bah !... les hommes sont fait pour obéir.

FLAMANT, *avec emphase.*

Ma chère nièce, j'ai lu quelque part qu'un père ou un oncle, ou un cousin-germain même, était un ami donné par la nature ; ce n'est pas avec ton ton cavalier que tu séduiras ton prétendu ; on ne prend pas les mouches avec des acides.

FLAMANT.

La nature t'a donné un joli physique du jeune âge ; si j'avais comme toi un joli physique et du jeune âge, je m'en servirais, sers-toi z'en donc.

CHARLOTTE.

Tenez, regardez cette tournure, ce coup-d'œil agaçant pour peu qu'il balance... un soupir poussé bien tendrement (*elle soupire*) comme ça.

FLAMANT.

C'est bien ; je sais que tu soupires d'une manière fort agréable... mais ce n'est point tout ; une fois que tu seras sa femme, tu feras ce que tu voudras, je t'aime beaucoup ma chère nièce, et je voudrais déjà être débarassé de toi. (*bas à Charlotte*) Il nous écoute, chauffons la scène.

CHARLOTTE.

Il est riche, à ce que vous m'avez dit ?

FLAMANT.

C'est un garçon qui aura un jour trente mille livres de rentes, parbleu !

CHARLOTTE, *sautant.*

Trente mille livres de rente !... nous les ferons danser, mon oncle.

ANISET, *à part.*

Prends garde de le perdre ; va.

CHARLOTTE.

Ah ! la jolie vie que nous allons mener.

AIR : *Tôt, tôt, temps d'galop.*

Je prétends,
Et j'entends,
Profiter des instans

Que la jeunesse
Me laisse.
Tout ce qui me plaira,
On se le permettra,
Après ça
Mon mari paîra.

FLAMANT.

Bien...

CHARLOTTE.

Je veux,
Selon mes vœux,
En tout
Suivre mon goût.
Pouquoi
Craindre, ma foi,
De saisir
Le plaisir.

FLAMANT.

Pousse !

CHARLOTTE.

J'aurai des diamans,
Des plumes, des rubans,
Des parures,
Et des fourures ;
Des jokeis,
Des laquais,
Des fiacres, des bogeis ;
Et même des cabriolets.

FLAMANT.

Vas toujours !

CHARLOTTE.

Pour me donner des airs,
Je donne des concerts,
Des spectacles, des thés,
Des bals, des écartés.
En jouant,
En perdant,
On s'amuse un instant,
Le temps coule,
Et l'argent
Roule ;
Quel bonheur,
Quel honneur,
De pouvoir
Chaque soir
Dépenser ainsi son avoir.

Piano !

CHARLOTTE.

Déjà je vois d'ici
Mon benet de mari
Jurer et s'emporter,
Et moi de répéter :

FLAMANT.

Enlève le tout.

Je prétends ,
Et j'entends
Profiter des instans
Que la jeunesse
Me laisse ;
Tout ceci me plaira ,
On se le permettra ;
Après ça ,
Mon mari paîra.

ANISET, *sortant du cabinet.*

Ah ! je n'y tiens plus ! 'c'est une horreur ! c'est une infamie.

CHARLOTTE et FLAMANT, *s'enfuyant.*

Sauve qui peut.

ANISET.

Ne vous sauvez pas... je suis Aniset de Verdun ; j'ai tout
vu , tout entendu.

SCENE XV.

ANISET , *seul , remontant la scène.*

Ah ! Monsieur Rondon , vous ne me saviez pas si près de
vous... Fi ! donner de pareils conseils à une nièce , où sont
les mœurs ! où sont les mœurs !...

FLAMANT , *dans la coulisse.*

Monsieur Rondon , le couvert est mis. (*Il rentre dans
son premier costume.*)

SCÈNE XVI.

ANISET , FLAMANT.

FLAMANT.

Eh ! bien , Monsieur ?

ANISET.

Ah ! mon ami , que tu as bien fait de m'amener ici...
quelle jolie petite femme on allait me faire épouser.

FLAMANT, *riant.*

C'est donc une commère ? Ils voulaient vous faire aller tous les deux.

ANISET.

Oui ; mais j'en ai entendu assez... et je vais de ce pas annoncer à M. Rondon, que je n'épouse pas sa nièce, et que je repars pour Verdun.

FLAMANT.

Et vous ferez bien... mais j'aperçois mon bourgeois l'aubergiste... chargez-le de la commission.

ANISET.

Tu as raison ; cela m'évitera une explication désagréable.

SCÈNE XVII.

Les Mêmes, RONDON.

ANISET.

Approchez Monsieur ; vous arrivez fort à-propos ; vous voudrez bien, de la part de Claude-Cyprien Aniset, de Verdun, dire à M. Rondon, qui loge chez vous, que je renonce à la main de sa nièce, qu'il peut la marier à qui il voudra.

RONDON.

Comment... à Monsieur Rondon ?

ANISET.

A lui-même... je ne veux pas mettre les pieds chez lui, ni même le voir, faites-moi l'amitié de me dire ce que je vous dois pour avoir passé la nuit chez vous, car il faut que je fasse mes paquets et que je parte.

RONDON.

Oui ; vous le prenez sur ce ton-là... j'accepte avec plaisir, car jamais je ne marierai ma nièce à un extravagant tel que vous.

ANISET, *à Flamant.*

Le voilà encore avec sa nièce, il n'en veut pas démordre.

FLAMANT, *à part.*

J'n'ose plus rien dire... moi... j'ai une peur...

SCÈNE XVIII.

Les Mêmes, CÉCILE, CHARLOTTE.

RONDON, *à Cécile.*

Cécile, je t'avais d'abord destiné Monsieur pour époux, maintenant je te défends d'y penser.

ANISET.
Mais mon cher, Monsieur, il n'est pas question de votre nièce, mariez-la à qui vous voudrez, je n'en veux pas.

RONDON.
Oui ; eh ! bien, je vais la marier à un autre.

ANISET.
Mariez-là, je servirai de témoin...

RONDON.
Cécile, tu épouseras Franval, je suis enchanté de récompenser la constance de ce jeune homme.

CÉCILE.
Oh ! mon cher oncle.

ANISET, *riant*.
Eh ! bien, qu'est-ce que ça me fait?... (*apercevant Charlotte*). Eh ! justement voilà la nièce de M. Rondon.

RONDON *regardant Charlotte*.
Cette fille ? c'est la femme-de-chambre de Charlotte.

ANISET.
Vous n'êtes donc pas aubergiste ?

RONDON.
Comment, aubergiste ?

FLAMANT, *à Charlotte*.
Aye ! aye ! aye ! tout va se découvrir ; gare à mes épaules.

ANISET.
Ah ! ça, mais qu'est-ce que ce maraud là m'a donc dit?

RONDON.
Qui? Flamant, mon valet ?

ANISET.
Oui, c'est lui qui est venu hier me chercher à la poste, et qui m'a enseigné votre maison comme une auberge.

RONDON.
Comment, drôle, tu m'as fait passer pour aubergiste ?

FLAMANT.
Il n'y a pas de sot métier, Monsieur.

ANISET.
Alors, je vois que je suis chez M. Rondon.

FLAMANT, *riant*.
Eh ! mais...

ANISET.
Il m'avait même dit que vous étiez atteint d'un petit grain de folie.

RONDON.
Celui-là est trop fort, il faut que je t'assomme.

FLAMANT, *présentant son dos.*

Frappez... mais écoutez...

Air : *A Paris et loin de sa mère.*

Sachant que ma jeune maîtresse
Ne voulait pas d'son prétendu,
J'ai tâché , par un tour d'adresse,
D'casser l'mariag' qu'était conclu.
N'écoutant plus que mon audace ,
J ai quitté l'rôle de valet,
Et j'ai fait l'oncle à votre place ,
Dites (3 *fois*) si je l'ai bien fait (2 *fois.*)

FLAMANT.

Eh ! bien , quand je vous disais ce matin que j'étais un valet spirituel ; à la vérité, Charlotte est une bonne coquette.

ANISET.

Ce qu'il y a de mieux à faire, c'est d'en rire.

FLAMANT.

C'est d'en rire... vous êtes Français et confiseur, c'est vous qui l'avez dit... Notre maître, vous ne m'en voulez pas d'avoir dit que vous étiez un peu...

RONDON.

Non , puisque cela fait le bonheur de ma nièce...

CHŒUR.

Air : *Honneur à la musique !*

De cette espiéglerie ,
Rions tous de bon cœur ,
C'est souvent la folie
Qui conduit au bonheur.

CÉCILE, *au public.*

Air : *On n'offense pas une belle.*

Ici , dans l'espoir de vous plaire,
Chacun se méthamorphosa,
Et cette maison solitaire
En auberge se transforma.
Chez vous, Messieurs, que l'indulgence brille,
Traitez bien toute la famille ,

FLAMANT , *au public.*

Et si l'auberge de n'ot façon
Vous offrit quelque chos' de bon...

CHARLOTTE , *an public.*

Messieurs, n'oubliez pas la fille...

FLAMANT , *au public.*

Mesdames, n'oubliez pas l'garçon.

CHŒUR.

De cette espiéglerie , etc.

FIN.